www.casterman.com

© Casterman 2015

ISBN 978-2-203-08996-9
N° d'édition : L.10EJDN001421.N001
Achevé d'imprimer en décembre 2014, en Espagne
Dépôt légal janvier 2015; D 2015/0053/24
Déposé au ministère de la Justice (loi n° 49.956 du 16 juillet 1949 sur les publications destinées à la jeunesse).

Gabrielle Vincent

Ernest et Célestine
Un caprice de Célestine

casterman

– Oh ! Regarde, Ernest. Nous avons la même voiture à la maison !
J'aimerais que tu me promènes...

– Où es-tu ? Que fais-tu ?
– J'arrive, Ernest. Je cherche…
– *Que cherche-t-elle ?*

– Et alors, Célestine ?
– On va jouer, Ernest !

– Tu es ma nounou.
– *Elle me déguise
de nouveau !*
– On joue, Ernest.
Tu n'aimes pas ?

– Et maintenant, tu retrousses tes pantalons !
... Et tu remontes tes chaussettes.

– Non. Pas ça. Pas ça !
– C'est pour jouer !

– Tu te fâches,
Ernest !
– Oui.

– Moi, je monte là-dedans... Et toi...

– Tu me promènes dans le jardin ?
– Oh ! Non. Et encore quoi ?

– Je reste ici.
 Derrière la porte.

– On fait un petit
 tour du jardin,
 Ernest ?
– Non !

– Rentrons, Célestine.
– Allez, dis.
    Y'a personne qui te voit, tu sais !

– Tu me promènes encore un peu ?
– Non.
– Nous sommes chez nous quand même !

– Tu n'as pas envie de jouer avec moi, Ernest ?
Pourquoi ? Personne ne nous voit.
– Je rentre. C'est assez !

– Madame !
Madame !
MADAME !
– Ne répondons pas, Ernest.
Nous sommes chez nous !

– Monsieur !
– Ça y est. Je n'ose plus bouger.
– Qu'est-ce que tu m'as fait faire !
C'est toujours la même chose avec toi.

– C'est Ernest ?
– Mais non.
  C'est la tante
  de Célestine.
– Madame !
  Madame !

– On n'est même pas
tranquille dans son
jardin, Ernest !

– Je suis trop gêné.
– C'est de ma faute, Ernest...

– Oh ! Ernest !
– Quoi ?
– Oh ! Que tu ressembles au loup !
– Quel loup ?
– Le loup du Petit Chaperon rouge.
– Et toi ? À quoi tu ressembles, tu crois ?

– Mais oui. C'est vrai !

– Tu vas dans ton lit,
et tu étais le loup...

– Ah !... Ah !...
Aaah !

– Ernest ! Où es-tu?   – C'est toi, Ernest?

– Ernest !
– Je suis là, Célestine !
– Enlève ce bonnet.

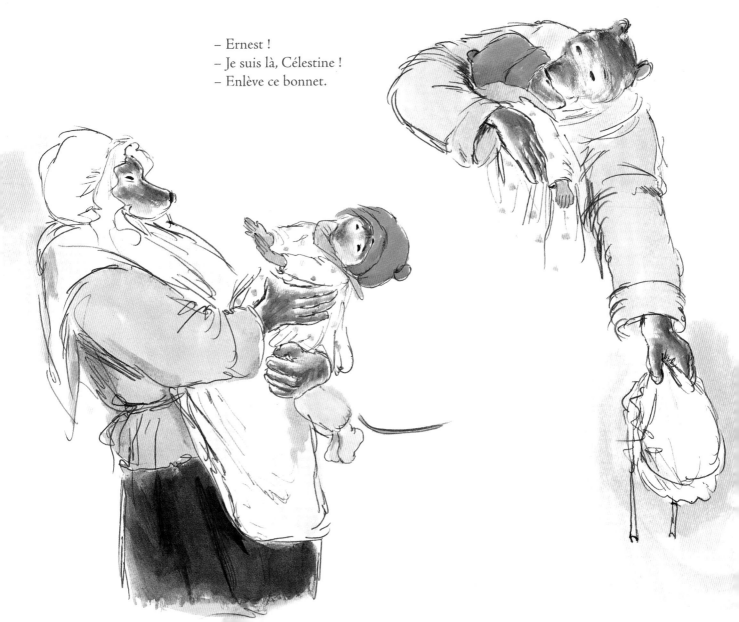

– Tout ça c'est de ma faute, Ernest !
– Mais non. Mais non.
  Allons.

– Ça n'existe pas les méchants loups, Ernest ?
– Non. Seulement dans les histoires.

– Et demain... Demain...
  Nous allons fabriquer
  deux nouvelles marionnettes.

– Nous sommes prêts, Ernest.
Nous pouvons commencer le jeu.

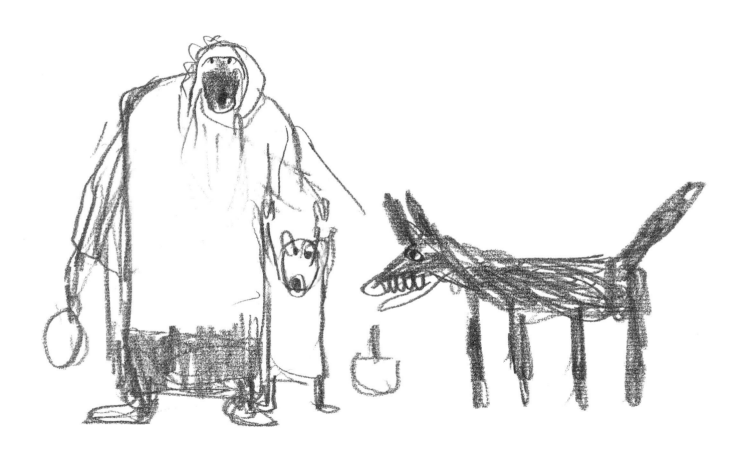